돌아갈 집이 있다

KB194782

돌아갈 집이 있다

집은 돌아갈 곳이고
가족이고 그리움이다

지유라 그림과 글

메이트북스

메이트북스

우리는 책이 독자를 위한 것임을 잊지 않는다.
우리는 독자의 꿈을 사랑하고,
그 꿈이 실현될 수 있는 도구를 세상에 내놓는다.

돌아갈 집이 있다

초판 1쇄 발행 2020년 7월 15일 | 초판 2쇄 발행 2020년 8월 10일 | 지은이 지유라
펴낸곳 ㈜원앤원콘텐츠그룹 | 펴낸이 강현규 · 정영훈
책임편집 안정연 | 편집 유지윤 · 오희라 | 디자인 최정아
마케팅 김형진 · 차승환 · 정호준 | 경영지원 최향숙 · 이혜지 | 홍보 이선미 · 정채훈 · 정선호
등록번호 제301-2006-001호 | 등록일자 2013년 5월 24일
주소 04607 서울시 중구 다산로 139 랜더스빌딩 5층 | 전화 (02)2234-7117
팩스 (02)2234-1086 | 홈페이지 www.matebooks.co.kr | 이메일 khg0109@hanmail.net
값 16,000원 | ISBN 979-11-6002-292-6 03810

이 도서의 국립중앙도서관 출판시도서목록(CIP)은 e-CIP홈페이지(http://www.nl.go.kr/ecip)에서
이용하실 수 있습니다.(CIP제어번호 : CIP2020027245)

집이란 삶의 무늬를 새기며
오래될수록 아름다워지는
지상의 단 하나뿐인
기억과 소생의 장소이다.

• 박노해(시인) •

나는 집을 그리는 행복한 화가다

십수 년간 집을 떠나 디자이너로 살았다. 시간을 나눠 계획을 세우고, 치열하게, 화려하게, 긴장 속에서 최선을 다했다. 머릿속 디자인은 현실이 되어갔다. 새로운 세계가 실현되어갔으나 정작 내 것은 아무것도 없었다.

어릴 적 나의 꿈이 떠올랐다. 12년째 되던 해에 사표를 내고 집으로 돌아왔다.

집으로 돌아와 그림을 그리고 취미로 나무 가구를 만들었다. 나무가 잘라지는 자투리 모양이 집 모양이다. 그 위에 집 그림을 그렸다.

그림을 그리다 보니 처음으로 그림을 배웠던 열한 살 때가 떠올랐다. 집에서 미술학원까지 가는 길, 그 길 위에 있던 집, 빨간 돼지 저금통이 매달린 문방구, 하얀 수증기를 뿜어내던 만두집, 소보루빵 굽는 냄새가 나던 제과점, 뿅뿅뿅 요란하던 오락실 하나하나 그림으로 꺼내지는 추억의 집 속에 행복한 내가 있었다.

그렇게 나의 나무 집 그림은 시작되었다.

나무는 휘거나 말리기도 하고 나이 먹듯 색도 변한다. 그 자연스러움
과 편안함이 집과 닮았다. 누군가의 추억이 담겼을 집은 내 이야기로
다시 나무 위에 그려진다. 나무 조각 집이 한 채 한 채 모여 마을이
되었다.

이 책은 9년 동안 그린 집 이야기를 엮은 것이다. 여행길에서 만난 집,
추억의 집, 실존하는 집과 나의 상상으로 그려진 집이다. 집을 그리다
보면 감춰진 여러 감정들이 뿜어 나오는데 가장 큰 것은 평온한 행
복이다.

"유라는 커서 뭐가 되고 싶어?"
"피카소같이 유명한 화가요."
나는 집을 그리는 화가다. 유명하지는 않아도 행복한 화가다. 집을
그리는 행복한 화가다.

지유라

CONTENTS

Part 2
친구네 집

CONTENTS

Part 4
길에서
만난 집 2

CONTENTS

···나는 집이 좋다
그래서 집을 그린다
···
계속 집을 그릴 것이다

꽃으로 피어나다
2018 acrylic on wood

빠르게 바쁘게만 살던 내가
집으로 돌아와 집을 그린다.
집은 쉬어 가라 자리를 내어준다.
집은 행복이다.

part 1

우리 집

집 이야기

꿈꾸는 집, 가고 싶은 집, 추억의 집.
십수 년간 집을 떠나 타지에서 생활했던 내게
집은 돌아갈 곳이고 가족이고 그리움이었다.

집으로 돌아온 지금,
집 이야기를 나무 조각에 그려본다.

먹고, 자고, 싸고, 쉬고….
집은 가장 자유롭고 가장 솔직한 나만의 공간이다.
집은 휴식이 되고 안정이 되고 즐거움이 된다.
빠르게만 변하는 세상, 쫓기듯 살아온 나에게
집은 쉬어 가라 자리를 내어준다.

돌아갈 집이 있다.
이 얼마나 행복한 일인가.

집들이
2013 acrylic on wood

너는 빈민촌을 그리잖아

"유라야, 너는 빈민촌을 그리잖아!" 친구가 말했다. 순간 내가 그린 집들에 너무 미안해졌다.

기어 들어가고 기어 나와도 내 집이 최고라던 하늘 아래 첫 번째 동네에 살던 친구 어머니 말씀. 탄광촌 빛바랜 관사에서 보이던 따스한 불빛. 도시로 간 자식을 기다리는 노모의 시골집. 집 떠나 집을 그리워하며 살던 내 청춘의 시간.

행복한 단잠을 자고 반짝이는 아침을 맞는 곳, 꿈을 꾸는 곳, 가족의 따스한 품이 있고 언제나 나를 기다리는 엄마 같은 곳, 집. 집은 내게 그런 곳이다.

그런 집 그림이 곤궁히 보였다면 내 잘못이다.

오늘도 나무를 자른다. 그 위에 집을 그린다.
세월의 집들을 꿈꾸는 집들을 우리의 집들을 계속 그릴 것이다.
더 따뜻하게 더 행복하게. 집은 행복이다.

봄날의 집
2017 acrylic on wood

화가 花家

그림 그리던 사람은 노래를 한다. 가수다.
디자인을 하던 나는 그림을 그린다. 화가다.
겨울밤 가수가 불러온 나비는 봄을 생각나게 했다.

아직 춥고, 아직 어둡다….
컴컴한 겨울, 밤.
분명한 건, 봄은 온다는 것.
그때 꽃이 핀다는 것.

화가花家
2016 acrylic on wood

부활 8대 보컬리스트 정단은 동양화를 전공했으나 노래를 부른다. 그의 공연을 본 날에 그린 집.

집에 핀 봄

베란다 화분에 싹이 났다. 이따금 빨래 널면서 물 한 번, 환기하면서 물 한 번 줬는데, 연둣빛 어린 새싹이 제법 커서는 초록빛이 난다.

몇 해 전 여름에 가본 정릉, 도심 속에서 소박한 자연을 뽐내는 동네다. 그 소박함을 그려보고 싶어 집들은 카메라에 담고, 태양 아래 초록은 눈에 담았다. 골목 화단에 윤기 나는 긴 대롱의 샛 분홍색 분꽃이 만발이다. 분홍 꽃잎 속 들어 있는 까만 콩알 같은 씨앗을 몇 개 털어 와 베란다 화분에 심었다.
설마 했던 까만 씨앗이, 기대도 없던 까만 씨앗이 연두 싹을 틔워내더니 이내 아가 손만큼 잎이 커졌다. 반갑고, 신기해 "용 썼다, 잘했다" 칭찬하며 분갈이를 해줬다.

빠르게만, 바쁘게만, 1 더하기 1은 2라고 딱 맞춰서 살 때는 몰랐다.
이 연두의 신기함을, 이 초록의 기특함을.
이제, 지나치던 길가의 들꽃이 선명히 보인다.

봄날 집 나들이
2015 acrylic on wood

교동 이발관

"카톡!!" 가족 단톡방이 울린다.

엄마: 엄마 기도원 간다. 어떤 기도 해줄까
나: 엄마, 나 유명한 화가 되게 해달라고 기도해줘
나: ㅋㅋㅋㅋㅋㅋㅋㅋㅋㅋㅋㅋ

평소에는 잘 다녀오라는 간단한 인사만 했는데 오늘은 왠지 엄마의
기도를 들어줄 것 같은 기분이 들어 엄마에게 따로 톡을 하고는 바로
ㅋㅋㅋ를 수십 개 보냈다.

속마음을 들킨 것 같아 부끄러워 엄마께 되물었다.
"엄마, 나 욕심이 너무 많지? 엄마! 나 그냥 현실에 만족하며 잘 살게
해달라고 기도해줘."
엄마는 답이 없다.

작년 여름 강화도 교동에 갔다. 실향민들이 모여 사는 곳이다. 낮은 단층 건물에 들어선 주점, 다방, 시계점, 구멍가게는 미술 감독이 세월을 그대로 옮겨 놓은 듯 영화 세트장 같다. 이미 방송에도 여러 번 나왔다고 한다.

골목에서는 오래된 책 냄새가 났다. 어릴 적 빨간 흙을 만지며 놀 때 나던 먼지 냄새도 났다. 해질 무렵이 되자 골목은 노을빛이 내려앉아 노란빛으로 물들었다. 마치 영화 속에 있는 기분이 들었다.

골목 끝에 다다르자 오래된 이발관이 나왔다. 교동 이발관. 남편은 나온 김에 머리를 자르겠다며 들어섰다. 털털한 남편 덕에 이발관 안을 구경할 수 있어 기뻤지만, 내심 스타일은 걱정이 되었다.

이발관 안은 단출했다. 거울 앞에 깔려 있는 흰 수건 위 가지런히 누운 윤기 나는 가위, 갈색빛 투명한 머리빗, 면도 거품을 내는 뭉뚱한 붓, 날이 선 면도칼, 분홍과 흰색 체크로 짜인 얇은 수건, 촘촘히 박힌 타일, 물이 가득 담긴 양은 양동이, 그 위에 떠 있는 파란 조리개, 주름

지고 바래진 빨간 가죽 의자, 그 위 새하얀 의자 커버, 이발관 안은 바리깡으로 민 상고머리처럼 촌스럽지만 단정하고 깔끔하다.

실향민 이발사 할아버지는 50년간 이곳에서 이발을 하셨는데 이곳은 50년 동안 변한 것이 없다고 하셨다. 세월이 촘촘히 박혀 있는 곳, 시간이 느리게 가는 곳, 욕심이 없는 곳, 그래서 편안한 곳.

이런 집을 좋아해서 찾아다니고 그림을 그리면서 정작 엄마에게는 유명하게 해달라고 기도 주문을 하는 욕심 많은 사람이었다.

부끄러운 오늘. 17년간의 화려하고 치열한 디자이너 생활을 접고 좋아하는 그림을 그리며 행복하게 살기로 한 그때를 다시 떠올리며 교동 이발관을 그린다.

소소한 행복으로 느리게 살기를 소망하며.

교동 이발관
2016 acrylic on wood

"나는 언제까지 일을 끝낸다, 그런 목표 따윈 세우지 않아.
그런 목표라면 옛날 회사 다니면서 지겹게 경험해봤네.
여름 전에 다 만들어야 한다는 법이 어디 있나.
여름 전에 못 만들면 가을에 완성하지 뭐.
올여름만 여름인가. 내년 여름도 여름이지."
– 박범신 소설 〈소금〉 중에서 –

"목표 따윈 세우지 않아!" 단호한 말이 공감 가는 요즘, "나도 목표 따윈 세우지 않아!" 큰소리쳐본다.

집 좀 봐라

'내일 뭐 하니? 우리 집 좀 봐주라.'
엄마의 전화를 받았다.

어릴 적 '집 좀 봐라'는 엄마의 주된 미션이었다. 짧게는 엄마 미장원
갔을 때, 장 보러 갔을 때였고, 길게는 친목계나 제사 등 엄마 아빠의
모임이 있을 때였다.
'집 좀 봐라' 하면 꼼짝없이 집에 있어야 했다. 걸려오는 전화를 잘 받
아둬야 했고, 자주 출범하던 빈집털이범들에게 빈집이 아님을 알려줘
야 했다. 그 시절 아이들에게 '집 좀 봐라'는 요즘의 '코로나 19'로 사
회적 거리두기와 자가격리처럼 매우 답답하고 암울한 일이었다.

그 시절 우리 집 베란다 위로는 꾀꼬리처럼 울어대는 구관조가 사는
새장이, 아래로는 여러 가지 이름 모를 화초들이 가득했다. 알로카시
아같이 잎이 넓은 토란도 키웠다. 베란다는 엄마의 작은 세계였다.

'집 좀 봐라'의 어느 날 친구들을 불러모았다. 놀러온 친구들은 침대 스프링이 터져 나오라 뛰어댔다.

한 녀석은 동생의 장난감 칼로 베란다 새장 속 구관조를 악당인 양 무찌르기 시작했다. 모두 얼굴이 벌겋게 달아오를 때까지 이방 저방 뛰어다니며 놀았다.

그 시절 친구네 빈집은 우리의 놀이터였다. 지금 생각하니 그 시절 여자애들은 소꿉장난을 하거나 인형을 가지고 놀았을 텐데 나는 남자애들과 칼싸움을 했다. 어떤 녀석은 '집 좀 봐라' 날 꼭 병원 놀이를 했는데 나는 그 주사 놀이가 아주 불쾌했다.

그런데 딸깍 철컥, 문이 열렸다. 맙소사! 늦게 오신다던 엄마가 급작스레 들이닥쳤다. 아이들은 혼비백산이 되어 인사도 안 하고 도망쳤다. 집안으로 들어온 엄마는 인상을 쓰며 앞 뒤 베란다 창을 열고 손을 휘휘 저었다.

허락도 없이 친구들을 불러 집안을 먼지 구덩이로 만들었다며 꾸중을

가花만사성
2018 acrylic on wood

집안에 꽃이 피니 모든 일이 잘 된다. 네가 꽃이다.

하셨다. 엄마의 꾸중에 고개를 숙인 채 집안을 둘러보니 거실에는 아직 가시지 않은 우리의 열기가 먼지와 함께 노을빛에 비쳐 느리게 퍼지고 있었다.

다음 날, 꾀꼬리 소리로 엄마의 아침을 열어주던 구관조가 조용하다. 새장 속 구관조는 잠든 듯 누워 있다.
용석이가 휘두른 장난감 칼에 처참히 살해된 것이다. 다행히 용석이는 피 한 방울 흘리지 않게 살해해 증거를 남기지 않았다. 구관조의 죽음으로 아침내 호들갑을 떨며 눈물을 보이던 엄마는 구관조의 죽음을 고독사로 단정지었다. 두 마리로 채워넣어 짝을 맺어주지 않은 당신을 자책하셨다.

구관조를 죽인 것은 용석이였는데, 광희네로 찾아가 벨을 눌렀다.
"누구세요?" 스피커에서 광희 목소리가 났다.
"야 이광희! 우리 집 새 죽었어! 너 때문이야. 나 혼났어!" 소리치고는 집으로 돌아왔다.

광희네 집은 우리 집보다 대문도 크고 마당에 잔디도 있고 넓고 광이
났다. 집이 참 근사했다.

다음날 학교에서 만난 광희는 자기가 새를 죽인 건 아니지만 어쨌든
같이 놀다가 일어난 일이니 미안하다고 사과를 했다. 또 많이 혼났냐
고 물었다. 순간 얼굴이 빨개지고 뜀뛰기를 한 것처럼 가슴이 콩닥거
렸다.

'내가 죽인 거 아니야'라며 화를 낼 줄 알았는데, 광희는 진심으로 미
안해했다. 광희가 근사해 보였다.

그 후로 엄마가 '집 좀 봐라' 할 때는 여자 친구들과 내 방에서 속삭이
며 놀았다.

엄마의 '집 좀 봐라'를 30여 년 만에 들어보는 것 같다.

"집 좀 봐라, 물고기 밥을 줘야 해."

혼자 되신 엄마는 작은 수족관에 물고기를 키우는데, 노는 모습을 가

만히 보고 있으면 재밌다고 하신다.

그 시절 꽃 같던 엄마는 할머니가 되었고, 철없던 나는 아줌마가 되었다. 내일은 엄마네 집에 가서 물고기 밥 주면서 물고기들에게 말해야겠다.

"우리 엄마 좀 잘 봐라."

집 냄새

점심때 들른 일식집, 큰삼촌네 집 냄새가 났다.

어린 시절 삼촌네 대문을 열고 들어서면 마른 시멘트 냄새, 마루 미닫
이문을 열면 오래된 나무 냄새, 그리고 비릿한 생선 냄새가 따라왔다.
안방에 들어가 앉으면 마지막으로 기름 냄새가 방바닥으로부터 고소
하게 퍼졌다.
그 시절 TV 사극 드라마에서는 장희빈의 앙칼진 모습만큼 궁궐의 진
수성찬이 많이 비치곤 했는데, 외숙모 음식은 그때 본 궁중 상차림보
다 빛깔이 곱고 정갈했다.

삼촌네 집 냄새. 지금 생각해보니 매번 제사나 명절 때마다 가니 전이
며, 생선구이, 생선찜 등 집안 가득 명절 음식 냄새가 퍼져나던 게다.

고모 집에서 나던 만화가게 냄새, 할머니네 집에서 나던 번데기 냄새,
이모네 집에서 나던 초콜릿 냄새, 화실에서 나던 테라핀 냄새, 대학생

친척 언니방에서 나던 샴푸 냄새, 코끝으로 들어온 냄새는 기억 속 그 시절의 한 장면을 불러온다.
오늘 식당의 냄새가 어린 시절 삼촌네 집과 어릴 때는 자주 모였던 친척들의 모습을 불러왔다.

주문한 생선찜이 나왔다. 외숙모의 생선찜에 올라왔던 노란색, 하얀색으로 나눠 채친 계란지단, 검붉은 실고추, 통깨는 없다. 카메라 앱으로 보정한 듯 반짝이는 간장물을 덮은 생선이 나왔다.

파란 대문
2016 acrylic on wood

엄마와 실내화

초등학교 새 학기, 새 교과서는 알록달록 포장지로 선물 포장하듯 잘 싼다. 과목별 새 공책을 사는 것도, 새 공책을 쓰는 것도 새 학기의 기쁨이다.

필통 속 잘 깎은 연필을 키 맞춰 가지런히 눕혀 두는 것도 좋다. 삼각형 샤프연필 깎기는 흑심을 너무나 뾰족이 갈아내 첫 글자를 쓸 때면 '톡' 하고 얄미운 소리를 내며 어김없이 부러졌다.

어깨에 멘 빨간 책가방에는 새 책과 새 공책, 새 필통이 있다.

앞뒤로 흔들어대던 신주머니에는 한 치수 커진 새 실내화가 들어 있다. 고무 냄새가 나던 하얀 실내화. 발등에 파란줄과 빨간줄이 그어져 있다.

엄마는 일요일이면 실내화를 비눗물에 담가두었다가 빨래 솔에 비누를 묻혀 빨아주셨다. 싹싹 깨끗한 소리가 났다. 실내화는 햇살 아래 뽀송하고 하얗게 말랐다.

언젠가 한번 내가 직접 실내화를 빨았다. 흰 분필 같던 실내화가 얼룩

져 누렇게 변해 있었다. 엄마는 비누 때가 잘 가시지 않아서라 했다.
헹굼이 모자랐던 게다. 그 후로는 빨아본 적이 없다.

남편이 더러워진 운동화를 빨겠다며 세탁기에 넣는다. 덜컹덜컹 세탁
기 속 운동화들이 바쁘게 뛰고 있다.
솔에 비누 묻혀 싹싹 소리 나게 빨아줄까 하다가, '에이 귀찮아' 하며
운동화 세탁소를 검색한다.
그 시절 울 엄마도 참 귀찮았겠구나. 언제나 하얗게 빛나던 내 실내
화. 엄마, 새삼 고맙고 새삼 놀랍다.

엄마와 실내화
2016 acrylic on wood

달빛 따라 집으로 가던 밤

보름도 아닌데 엄청 밝다.

푸른 어둠 속에서 살금살금 또렷해진 나무.
코끝을 따라다니던 분홍 바람.
귓가에 계속 맴돌던 푸른 밤공기 소리.

집으로 돌아가는 길
2019 acrylic on wood, canvas

달빛 따라 집으로 오는 길
2019 acrylic on wood, canvas

강원도 정선 남면 무릉리 나의 집, 푸른 기억.

그냥 가을

답답하면 자주 가던 산중턱 배추밭 들녘, 강아지풀이 무성하다.
집에 꽂아둘 생각으로 열심히 꺾고 있었다.
"아가씨! 그거 꺾으면 서리야! 서리!"
지나던 어르신이 호통을 치신다.
"강아지풀도 꺾으면 안 되나요?"
들에 핀 풀에도 주인이 있나 싶어 되물었다.
"허허, 그거 수수야, 수수!!"
수수와 강아지풀도 구분 못했던 시절이었다.
벌써 십수 년 전 이야기다.

어김없이 가을이다. 강아지풀이 보인다.
이제 강아지풀과 수수는 명확히 구분한다.
아직도 가을의 선선함과 시림은 구분이 안 간다.
그때처럼 누군가 호통쳐주면 좋겠다.
"허허, 그냥 가을이야 가을! 쓸쓸한 거 아냐!!"

다시 가을
2019 acrylic on wood, canvas

그 시절 강원도에는 그 흔한 카페 하나 없었다.
회사일로 지칠 때면 차를 끌고 산중턱으로 갔다. 넓은 배추밭과 빈 집이 있었다.

그 남자네 집

박완서 장편소설, 2004년 처음 읽고 10년이 더 지난 2015년에 다시 읽게 되었다. 박완서는 내 첫사랑 작가다. 문학에서의 첫사랑이다. 지난한 시절의 이야기를 담백하고 나긋하게 들려준다.

조용하고 가난했지만 시선을 한눈에 받았던 남자, 그 여자를 구슬 같다고 칭찬을 해주던 그 남자, 그 여자 품에 안겨 울었던 그 남자, 그 남자의 집을 그리고 그 남자를 위로해본다. 그 남자의 집을 그리며 누군가의 구슬이었던 나의 첫사랑의 시절을 떠올려본다.

첫사랑. 찬란한 시절에도, 치열하고 평범한 시절에도, 인생을 관조하는 시절에도, 어느 시절에 떠올려도 아련하고 뭉게뭉게하다.

풋내 나는 설익은 복숭아 같다. 초여름 복숭아를 한입 베어 물 때 '뚝' 하고 앞니가 박혀버리는 그 생경함, 딴딴하고 떫은 듯 신맛 뒤로 따라오는 맑은 단내, 그 익숙하지 않음이 기분 좋은, 그래서 한번 맛보면 그 초여름 복숭아를 기억할 때마다 침이 고인다.

첫사랑 그 시절, 우리는 수줍고 설레고 싱그러웠다. 그녀의 집은 여러 집들을 지나 골목 어귀에 있었다. 우리는 그 많은 집들과 동네 구멍가게집의 불이 다 꺼지도록 골목을 몇 번씩 돌았다. 첫사랑의 설렘은 버스가 다 끊길 때까지 잡은 손을 놓을 수 없게 했다.

첫사랑 그 골목에는 봄이면 떡 찌는 포근하고 맛있는 냄새가 났다. 여름에는 뜨겁게 달궜다 식혀진 시멘트 냄새와 얼음 위에 누워 태양과 싸우는 생선의 비릿한 눈물 냄새가 났다. 가을이면 방앗간에서 깨를 볶는 고소한 냄새가 났고, 겨울에는 따듯하지만 숨이 턱 하고 걸리던 매캐한 연탄가스 냄새가 났다.
이젠 그 골목도, 계절의 냄새도 없다. 골목이 없으니 냄새도 없다.

그 남자네 집, 그 여자네 집. 그리고 그 가운데 골목.
그곳에 첫사랑이, 내 청춘이 있었다.

그 남자네 집
2016 acrylic on wood

그 남자네 집 골목길 1
2016 acrylic on wood

그 남자네 집 골목길 2
2016 acrylic on wood

그 남자네 집 골목길 3
2016 acrylic on wood

그 남자네 집
2016 acrylic on wood

고모네 집

"한 개에 10원, 근데 검은 거 뽑으면 빵 원이야!" 고모는 우리 집에 오면 벌러덩 누워서는 머리를 들이밀며 흰머리를 뽑아달라고 했다.
고모의 흰머리는 야무진 내 손에 잘 뽑혔고, 200원 족히 넘는 돈을 벌어 구멍가게로 달려갔다. 큰집 모임에서도 고모는 내게 머리를 맡겼고, 고모네 집에 가서도 사촌들과 놀기보다는 고모의 흰머리를 뽑아야 했다.
오늘 아침 거울 속 제법 늘어난 내 흰머리들이 보인다. 그때 고모 나이가 내 나이쯤이었을까?

고모는 아기 때 부뚜막에서 화상을 입어 손가락이 일반인과 다르다. 어느 날은 그런 고모의 손이 불쌍하고 안쓰러워 밤새 울었다. 다음날 눈이 통통 부은 나를 보고 무슨 일이냐며 엄마는 호들갑을 떨었다.
얼마 전 엄마와 고모를 모시고 저녁을 대접했다. 고모의 머리는 반백이 되어 있다. 식사를 마치고 용돈도 조금 드렸다. 고모는 "우리 유라가 다 컸네" 하시며 살짝 눈물을 보이셨다.

어릴 땐 고모네 집에 자주 놀러갔는데 2층집으로 꽤 좋은 집이었다.

고모를 생각하며 집을 그리고, 예쁜 모자 하나 그려드렸다.

고모 건강하세요.

고모네 집
2019 acrylic on wood

당신이 쉴 곳, 당신의 집

언제가 당신이 내게 올 때
햇살이 가장 예쁘게 드는 창가에 자리를 내어줄 거야.
나는 밖에서 당신을 보면서 웃을 거야.
당신은 그 자리에서 나를 보며 웃어주세요.
해가 져도 문을 닫지 않을 거야.

달빛도 수줍게 인사할 테니
바람이 불면 살짝 흔들려도 좋아.
스르르 잠이 들어도 좋아.
그리움이 연두 빛으로 피어난
나의 집, 당신의 자리.

당신의 쉴 곳, 당신의 자리
2017 acrylic on wood

추억의 집

집 그림을 그리다 보면 처음 4B연필을 잡았던
나의 초등학교 시절과 그 동네가 떠오른다.

고소한 소보루빵 굽는 냄새로 늘 군침 돌게 하던 제과점.
빨간 돼지 저금통이 주렁주렁 매달려 있던 문방구.
외식 때 자주 가던 도라무통 깡통이 식탁이던 갈비 집.
'일 원이요, 이 원이요, 천구백팔십삼 원이요.'
또랑또랑 숫자 읊던 소리와 상관없이
주판알만 튕겼던 주산학원.

친구와 함께 젓가락 행진곡을 치며 놀던 피아노학원.
방학 때면 들렀던 외가집 근처 시골 장터, 국밥집.
얼음집, 한복집, 쌀집, 연탄집, 기름집.

나랑 싸웠던 유리 집 아들 녀석 진규는 잘 살고 있을까?

지금은 사라진 추억의 집들….
아련히 떠오르는 행복했던 시절, 그 집을 나무에 그려본다.

추억의 집
2013 acrylic on wood

심문 사절

"그 좋은 직장을 왜 그만둔 거야?"
"전문직이잖아요?"
"집안에 돈이 많은가봐?"

'지유라 작가는 디자이너로 강원랜드 카지노에서 10년 넘게 일하다
가 이제는 그림을 그려요. 이번 전시는…'
갤러리스트들이 나를 소개할 때 나의 전직이 따라붙는다. 그래서인지
내 집그림에 대한 질문보다 왜 직장을 관두고 먹고살기 힘든 그림을
그리냐는 질문을 제일 많이 들었다.

"오타 났네요. 신문 사절 아닌가요?" 이제야 내 그림에 대해 묻는다.
"그림 그리면서 살고 싶어서 회사를 관뒀구요, 조금 덜 먹고 조금 덜
쓰면서 살면 되지 않을까요?"

더 이상 내 맘을 묻지 말기 바라면서 '심문 사절!'

심문 사절
2016 acrylic on wood

가花만사성-네가 꽃

프랑스(1337)와 영국(1696)에서는 창문세가 있었다.
프랑스는 창문 폭의 수치로,
영국은 창문의 개수로 세금을 부과했다.
서민들은 세금 낼 돈이 없어 창을 좁게 내거나
나무나 벽돌로 창문을 막아 버렸다고 한다.

내게 창문세를 내라 하면 내 창은 꽃으로 막아야지.
내 집은 꽃으로 피어나겠다.

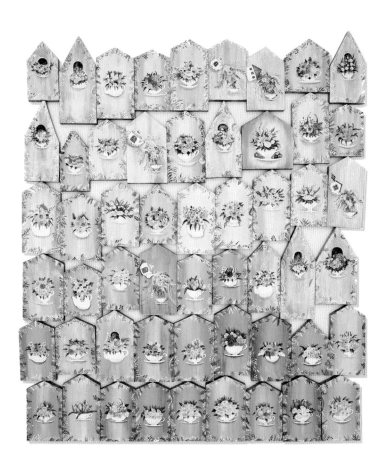

가花만사성-네가 꽃
2017 acrylic on wood

마음의 담

돌 하나, 돌 둘, 돌 셋…
돌이 쌓여 담이 되었다.
탄탄하고 든든한 담.
바람 한 점 들어올 수 없게 차곡차곡 쌓아야지.
아무도 못 오게 해야지.
꽉 다문 맘에 초록 그리움이 피어난다.

돌 하나 돌둘 제주도 돌담집
2016 acrylic on wood

관계에 지쳐 맘의 담을 쌓은 날, 제주도에서 만난 집이 나 같아서 한참을 보았다.

별일 아냐

어쩌니, 어쩜 좋니?
잘될 거야. 걱정 마.
이제 잘 하면 되지.
술 한잔할까?
지금 조금 힘든 거야.
힘내, 이 또한 지나가.
기도해줄게.

그 어떤 말보다
"별일 아냐"라는 말이 좋았다.

봄날은 간다
2020 acrylic on wood

풍선껌처럼 유쾌하고 들떠 있던 내 속에는
잔잔하고 차분한 그리움이 있었다.
그럼에도 늘 웃고 떠들고 들떠 있었다.
누구나 여러 면의 모습을 갖고 있다.

part 2

친구네 집

인연因緣

2014년 여름에 나무를 자르고
색을 입히고 끌고 다니던 집을
이제야 완성했다.

풍선껌처럼 유쾌하고 들떠 있던 내 속에는
잔잔하고 차분한 그리움이 있었다.
그럼에도 늘 웃고 떠들고 들떠 있었다.
누구나 여러 면의 모습을 갖고 있다.

2014년 만난 친구는 내 잔잔함을 읽었고
나와 친구가 되었다. 인연처럼.

너무집 나무집
2017 acrylic on wood

발레리노의 집

발레리노를 꿈꾸던 청년은
꿈을 좇아 몇 년의 시간을 돌아 춤을 배웠다.
발레복을 입고 하늘을 날았다.

발레리노를 꿈꾸던 청년은
사랑을 좇아 평범한 샐러리맨이 되었다.
넥타이를 매고 정장을 입고 땅을 걷는다.

춤을 그리워하는 어른이 된 그의 집을 그린다.
그의 꿈은 발레리노다.

발레리노의 집
2018 acrylic on wood

나무와 어부의 사랑 이야기

옛날 옛적에

석양을 사랑한 나무와

별을 낚는 어부가 살았다.

유난히 큰 석양이 지던 어느 날 둘은 마주쳤다.

어부는 나무를 보자 사랑에 빠졌고

나무는 어부의 사랑에 뿌리를 내렸다.

둘의 사랑은 집 그림으로 피어나고,

나무 조각으로 다듬어지고,

사랑 빛을 담은 양모로 아름답게 펼쳐졌다.

그렇게 그들의 철원이 아름다워졌다.

담백하고 아름다운 그들의 사랑이 따뜻하다.

우리의 포옹은 물처럼 담담하고 완벽했다
2015 acrylic on wood

철원에는 화가 부부 어부와 나무가 산다.

마음에 불어온 봄바람

친구가 사랑에 빠졌다.

아침에 눈 뜨면서부터 잠들 때까지

온통 그 사람밖에 안 들어온다고 한다.

그 남자의 모든 일상과 그의 과거까지 궁금해한다.

큰일이다 이 친구, 결혼하고 아이도 둘이다.

일상이 무너지고 있다고 어떡하면 좋냐고 걱정하면서도

다시 그 남자 얘기에 웃다 울다를 반복한다.

"그만 정리해, 집착하면 안 돼. 끝내!!!"

사랑 좀 해본 내가 단호히 충고했다.

친구가 사랑에 빠진 남자는 바로 리정혁동무 '현빈'이다.

하루빨리 〈사랑의 불시착〉을 뛰어넘는 드라마가 나와야

친구가 가정으로 돌아갈 것 같다.

나는 드라마 〈도깨비〉 이후 아침마다 공유가 광고모델로 나온 커피로 하루를 열고 있다.
누구에게 충고할 처지가 아니긴 하다.

마음에 분 봄바람
2020 acrylic on wood

답십리 골목시장 만둣집

어린 시절 자주 갔던 친구네 동네.
하늘 아래 첫 번째였던 친구네 집은
아파트로 변해버리고,
골목시장이라 불리던 작은 시장은
현대시장이라는 명찰을 달고
깍쟁이처럼 깔끔하게 변해 있다.

그나마 친구와 자주 갔던 만두집은 그대로다.
1인분 만두를 주문하고 몇 알을 채 먹지 못했다.

긴 세월 변함없는 만둣집 포장마차.
긴 세월 변해버린 얄미운 내 입맛.

군만둣집
2016 acrylic on wood

영수네 집

영수는 어릴 적부터 축구를 하다가 디자인을 한다.
적성에 맞지 않는데 아버지의 권유로 전공을 택하니
수업시간만 되면 누워 있기, 먼 산 보기, 딴짓하기다.
늘 표정이 없다.

영수네 집을 그리고, 축구복을 담벼락에 걸어두었다.
영수가 봄볕에 핀 연분홍 꽃처럼 화사하게 한번 웃었으면 좋겠다.

영수네 집
2017 acrylic on wood

엄마의 집

목포 보리 마당으로 가는 길.
생선을 말리는 집 앞을 지나다가
유난히 입맛 까다로운 정희가 떠올랐다.

정희는 식당에서 반찬으로 나오는 생선은
손도 대지 않았다. 먹어보라고 권하면
"밖에 생선은 수입산이라 다 맛이 없어"라며
자기 엄마가 해주시는 생선 반찬만 먹는다고 했다.

정희 엄마도 딸을 위해 집 마당 가득
가자미, 서대, 조기, 생선들을 말리셨겠지?

엄마의 집들은 늘 풍요롭다.

엄마의 집
2016 acrylic on wood

비와 찻잔 사이

'그대 떠나는 날에 비가 오는가'
산울림의 노래가 라디오에서 나온다.

고등학교 시절 하얗고 동그란 얼굴의 내 친구는
좋아하던 선배 오빠와 여름밤 포도밭을 걸었는데
그 포도 향이 너무 좋았다고 한껏 들떠 얘기했다.

한국화 전공인 친구와 선배는 한국화처럼
진하게 또렷하다가 점점 단조로워졌다.
결국 선배 오빠와 헤어진 날 이 노래가 나왔었고,
울먹이며 노래를 부르던 친구의 모습이 떠오른다.

지금 그 친구는 행복하게 아주 잘 살고 있다.
그래서 이 노래가 슬프지 않다.

비와 찻잔을 사이에 두고
2016 acrylic on wood

우리의 시간은 다르게 간다

꼭꼭 숨어라 머리카락 보일라!
꼭꼭 숨었다 어서어서 찾아라!
불 꺼진 유리창, 겨우내 얼어버린 창문, 기나긴 숨바꼭질.

톡톡!! 겨우내 힘을 모아 싹을 틔운 나무가
다시 온 힘을 다해 창을 두드린다.
'찾았다!' 오늘도 힘껏 싹을 틔워 창을 두드린다.
'찾았다!!' 다음날도
'찾았다!!!' 그 다음날도….
'찾았다…구… 내가…너무…늦었지?'
나무야, 네가 늦은 게 아니야.
우리의 시간이 달랐을 뿐이야.
햇볕에 빛이 바랜 붉은 의자.
어느새 삐죽삐죽 차오른 잡초.
옅은 한숨에 주름진 담벼락.

숨바꼭질
2019 acrylic on wood

가을 안부

컹컹!! 화전상회에 사는 희망이는 나를 보면 제집 담을 뛰쳐나올 듯 뛰며 컹컹 큰소리로 짖어댄다. 반가워서 하는 인사라는데 무서워 피해 다녔다.

오랜만에 찾아간 화전상회에 희망이 소리가 들리지 않는다. 뭘 잘못 먹었는지 아파하다가 결국 무지개 다리를 건넜다고 한다. 그동안 컹컹 짖어대는 바람에 무서워 얼굴도 잘 보지 못 했는데….
한여름의 화전상회는 눈 내린 새벽처럼 고요하다.

다시 찾아간 화전상회.
딱딱!! 탁탁!! 나무 조각 소리, 나무에 강아지 모습이 조각되어 있다. 큰 눈망울이 순하고 이쁘다. 참 예뻤구나.
희망이 아빠는 조각가다. 그는 희망이와의 추억을 일기 쓰듯 조각하고 있다. 나무 조각된 희망이가 반갑다고 컹컹 짖는 것 같다.

가을 안부
2018 acrylic on wood

화전상회는 경기도 화전에 있는 한선현 조각가의 작업장이며 마을의 문화공간이다.

가을 안부-여수

저 빨래의 주인은 누구인가? 옆집인가? 저 집인가?
그림을 그리고 나서야 알았다.
담 밖의 것이니 담 옆집의 것이겠구나.

옆집 앞에는 다육이가 올망졸망 소곤대며 자라고 있고,
그 옆 개집에는 낯선 방문객을 빼꼼히 쳐다만 보는
겁 많고 입 무거운 개가 있다.

이렇게 쨍쨍한 날에는 빨래를 탁탁! 털어 햇볕에 말리고 싶다.
햇볕에 바스라지게 바싹 마른 빨래에서 나는
햇살 비린내를 맡고 싶다.

빨래의 주인은 옆집이다.
햇볕은 주인이 없는데 베란다 없는 아파트에 사는 나는
주인 없는 햇볕조차 맘껏 갖지 못한다.

가을 안부-여수
2018 acrylic on wood

여수 박혜정 작가 작업실의 아래층 풍경.

위풍당당

내로라하는 디자인 회사의 디자이너 청년은 어느덧 무료로 지하철을 타는 나이가 되었다.

청년의 윤이 나던 시절, 유리알처럼 반짝이던 여인과 피카드리와 단성사가 있는 영화관 골목쯤은 시시하리만큼 다녔을 터다.
데이트 장소로 제법 떠들썩하고 북적이던 종로 뒷길은 이제 하얗고 네모진 세련된 카페와 녹색 커튼에 노오란 불빛이 퍼지는 이태리 식당, 야자수 열대 나무로 꾸며진 수제 맥주집으로 2020년을 살고 있다.

골목 어귀 어둠 속에 2층 빨간 벽돌집이 서 있다.
세월에 풍파에 더 딴딴해진 벽돌, 강철로 만든 것 같은 대문, 눈 내리는 겨울밤 "찹쌀떠억~" 소리를 들었을 큰 창문.
지난한 세월을 고스란히 드러내며 이국적 무국적으로 변한 골목에 터줏대감처럼 위풍당당하게 서 있다. 여전히 감각적인 그래픽 작업을 하는 그가 저 빨간 벽돌집처럼 위풍당당해 보인다.

위풍당당
2020 acrylic on wood

창식이네

대구가 고향인 아는 동생은 막창집을 한다.
그 동생의 아는 선배는 치킨집을 한다.
그 선배의 아는 친구는 중국집을 한다.
이들은 요즘 턱없이 오르는 임대료 때문에 고민이다.

막창을 좋아하는 창식이가 하는 막창식이네.
정씨가 만든 닭튀김 집 정닭.
음악을 좋아해서 플로리다 중국집.
그들은 모두 자신이 좋아하고 잘하는 일을 하는 것 같다.

"잘하는 일을 하고 사느냐?" "좋아하는 일을 하고 사느냐?"
"돈 버는 일을 해야 하느냐?" 물을 때가 있다.
나는 지금 하고 싶은 일을 하고 산다.
지금은 좋아하는 일만 하고 싶다.
언젠가 돈 버는 일을 하고 싶을 땐 그때 바꾸지 뭐.

네가 꽃
2018 acrylic on wood

너도나도 우리는 모두 꽃이다.

제주도 돌담집

돌담 사이 바람이 들락날락.
바닷바람에 풀들이 살랑살랑.

제주에 1년 살기를 하러 간 친구는
3년째 살고 있다.
디자이너였던 선배는 농부가 되어
귤 농사를 짓고 있다.

집 그리는, 좋아하는 일을 하면서도
〈제주도 푸른 밤〉 노래를 들을 때면
그들이 부럽다.

제주도 돌담집
2015 acrylic on wood

이 거리는 게으르게 걸어야 좋다.
이 거리는 두리번거려야 좋다.
이 거리는 집집마다 이야기가 소복하다.

part 3

길에서 만난 집 1

목포 보리마당

바다가 내려다보이는 마을을 걷는다.
올망졸망 소박한 집들이 말을 건넨다.

"찬찬히 가소."
다시 또 이곳을 찾았을 때
이 집들이 있기를 바란다.

천천히 家
2019 acrylic on wood

보리마당 골목집

"그 짝으로 가면 길 없는디, 이짝으로 가쇼."
대문 앞 화분에 물을 주던 할머니가 길을 알려주신다.
알려주신 길로 돌아가는데 도란도란 이야기 소리가 담을 넘는다.

할매: 그거 을마 줬소?
할배: 삼만오천 원 줬는디.
할매: 삼만사천 원 아니고?
할배: 삼만오천 원 줬어.
할매: 삼만사천 원이랬는디 왜 그래쓰까?
할배: 글씨 삼만오천이라든디.
할매: 긍게 삼만사천 원이라그드만.
할배: 삼만오천 원 받아부렀네.
할매: 삼만사천 원이랬는디….

담 넘어 들려온 노부부의 대화가 돌림 노래처럼 정겹다.

천천히家 목포 집
2018 acrylic on wood

2017년 12월 27일

3년 전 여행 중 들른 목포의 보리 마당.
그곳의 골목길 사이사이 집들이 다시 보고 싶어
다음 해에 다시 찾아갔다.

그리고 이제 그곳에서 그림을 그리고 싶어
화구와 단출한 짐을 쌌다.

목포는 시간이 천천히 흐르고 있다.
하루하루 목포 곳곳을 돌아보고
그날의 느낌을 그렸다.

목포에 머무는 동안 눈이 참 많이 내렸다.
차가운 눈이 포근하게 느껴지는
따뜻한 시간이었다.

천천히家 목포 집
2018 acrylic on wood

목포의 겨울

"어서 오셔라, 근디 어디서 왔어라?"

"서울이요."

"여그가 내년엔 해상 케이블도 생겨 더 좋탄디."

"네, 근데 기사님도 여기 분이 아니신가봐요?"

"나요, 나 함평이여라. 함평서 축산업 크게 허다 말아먹고 이제 운전하지라. 근데 여는 어쩐 일이다요? 여그는 돈벌 데가 없어라."

"여행 왔어요."

"아, 여기는 설보다는 따숩지라?"

택시 아저씨가 건네준 인사말이 따뜻해서인가, 서울에서는 꼭꼭 숨어 있던 땀방울들이 따숩다는 한마디에 등 뒤로, 겨드랑이로 이내 뛰쳐나오고 있었다.

눈 내리는 목포의 겨울밤
2018 acrylic on wood

연희네 슈퍼

공교롭게도 목포로 그림 그리려 내려간 날
영화 〈1987〉이 개봉했다.
영화에 나온 연희네 슈퍼가 목포에 있다.
연희네 슈퍼를 그렸다.
슈퍼는 문을 닫았지만 그 시절의 상상으로
그때 상품들을 진열하며
연희네 슈퍼를 그렸다.

신문에 연희 슈퍼가 재오픈을 한다는 기사가 실렸다.
봄이 되면 연희네 슈퍼에 들러 풍선껌이랑
쫀드기랑 아폴로를 사 먹어야지.
그 시절 코찔찔이가 되어서….

연희네 슈퍼
2017 acrylic on wood

우리 시계점-첫 번째 만남

처음 본 목포의 우리 시계점.

영화 세트장 같은 곳에 양복을 입고 안경을 쓴 할아버지가 시계를 고치고 계신다. 할아버지는 마치 나무인형 피노키오에 생명을 불어넣은 제페토 할아버지 같다.

저 할아버지는 시계를 고치는 것이 아니라 잃어버린 시간을 찾아줄 것만 같다. 흐르는 시간을 잡아줄 것만 같다.

두 번째 본 우리 시계점.

한여름 땡볕에 블라인드가 쳐진 가게 안에 양복 차림의 할아버지는 한여름 더위와 이야기하듯 도란도란 부채를 부치고 계신다.

세 번째 찾아온 우리 시계점.

이번엔 용기 내어 문을 열고 들어섰다. 할아버지는 남색 양복에 푸른색과 붉은색이 교차하는 체크 넥타이를 매고 무언가를 고치고 계신다.

"안녕하세요, 할아버지!"

"안녕하세요, 할아버지!!"

"안녕하세요, 할아버지!!!"

귀가 어두우신 할아버지는 내 인사를 세 번 만에 알아듣고는 시계 고치러 왔냐고 물으신다.

"할아버지, 저는 그림 그리는 사람인데 3년 전에 이곳 할아버지 시계점을 보고 그림을 그렸어요. 꼭 한번 뵙고 싶어서 서울서 내려왔어요."

쑥스럽고 낯설었지만 크고 또렷하게 말했다.

전주가 고향인 할아버지는 서울 종로와 서울역 시계점에서 5년간 기술을 배우고 30년 전 삼촌이 계신 이곳에 터를 잡았다.

시계를 고치는 기술이 좋았다. 시계 수리로 집도 장만하고, 건물도 샀다. 아들 둘에 딸 둘을 뒀는데, 큰아들은 소령이고, 막내아들은 기자, 딸 둘은 시내에서 장사를 한다고 했다.

막내아들이 아직 결혼을 안 했다며, 내게 나이를 묻고 결혼은 했냐 물으셨다. 결혼했다고 하니 "뭐 그리 일찍 했나"며 웃으신다.

우리 시계점 1
2015 acrylic on wood

"할아버지 참 멋쟁이세요"라고 크게 말했다. 그러자 "나는 주가요." 자신의 성을 알려주시며 웃으신다.

그 후로도 큰소리로 여러 이야기를 했고, 할아버지는 연신 밝은 웃음으로 답해주셨다.

제과점에서 사간 소보루빵, 단팥빵, 크림빵, 카스테라, 슈크림빵과 흰우유를 드리고 인사를 하고 나오는데 언제 또 올 거냐며 물으신다.

"또 올게요, 할아버지."

할아버지는 내 차가 떠날 때까지 우리 시계점 앞에 오랫동안 서 계셨다. 사진처럼 시간이 멈춘 것만 같았다.

적산가옥

시간이 멈춘 곳 목포.

역사의 아픔도 고스란히 남아 있다.

목포는 동굴도 많고 적산가옥도 많다

어설픈 조각으로 도려내 2층 기와를 만들었다.

그림을 그리는데 좀 아리다.

적산(敵産)이란 '자기 나라의 영토나 점령지 안에 있는 적국의 재산 또는 적국인의 재산'을 의미한다. 이 의미보다는 수탈당한 재산을 되찾았다는 의미로 재해석하는 것이 바람직하다고 한다. (출처: 한국민족문화대백과사전)

목포 적산가옥
2016 acrylic on wood

목포 광생의원

1897년 개항한 목포.
한때 우리나라의 3대 항이었던 곳.

그 역사 속에 단단히 서 있는 광생의원.
일제강점기에 지어진 건물로 파란 지붕은
일식 기와의 우진각 지붕이라 한다.

목포의 거리가 모두가 따뜻하고 푸근했는데
광생의원은 차갑고 무겁게 느껴진다.
지금은 영업을 하지 않는 것 같다.
세트장처럼 그대로 서 있다.
세월이 고스란히 숨 쉬는 곳, 목포.

목포 광생의원
2017 acrylic on wood

신미화 이용원

흰 거품에 담긴 동그란 솔.

쓱쓱 면도칼 가는 가죽.

맨질한 나무 손잡이 면도칼.

뜨끈한 난로. 노란 주전자.

김이 나는 분홍색 수건.

빽빽이 박힌 타일 위 양은 양동이.

파란 물 조리개.

반짝이는 가위.

번쩍이는 바리깡.

세월에 닳은 빗자루.

빨간 가죽의자.

광이 나는 거울.

하얀 가운의 이발사 할아버지.

아빠의 따갑던 뽀뽀와 찐한 스킨 냄새가 생각났다.

신미화 이용원
2018 acrylic on wood

목포 오거리 기공사

처음 보는 만물이 쌓인 기공사.
고물이 가득한 것 같은데
누군가에게는 보물일 터.

이층에 붉은 녹이 스는 동안
땀 흘려 공구를 만들고 팔고 했으리라.
세월은 또 이렇게 걸음을 멈추게 한다.

상흥 기공사
2017 acrylic on wood

선구점

목포 바닷가에는 그물이 치렁치렁,
부표가 주렁주렁 걸린 선구점이 많다.

목포의 아낙들은 찬거리가 없을 때면
소쿠리를 들고 나가 바닷물에 휘저어 건져 올린 물고기로
저녁 찬을 쉽게 해결했다는 글을 읽은 적이 있다.

정말 이곳은 물고기가 많은 곳인가 보다.
여느 어촌에서도 보지 못한 선구점이 즐비하다.
서울서는 보지 못한 그물 집들의 새로움과
골목 가득 그물 집이 즐비하게 많음에
만선한 선장처럼 기쁘다.

선구점 [船具店] : 배에서 쓰는 노, 닻, 키 따위의 기구를 파는 가게.

평화 선구점
2016 acrylic on wood

우리 시계점-네 번째 만남

오늘도 남색 양복의 멋쟁이 할아버지.
"할아버지, 저 왔어요." 아주 큰 소리로 인사했다. "또 왔네요." 웃으며 반기신다.

할아버지 시계점에 내가 그린 우리 시계점 그림을 걸었다. 옆면에는 '오래오래 건강하세요'라고 썼다. 할아버지는 그림을 보고 이게 우리 집이냐며 웃으셨다.

칼국수 집에서 사간 셈베과자를 할아버지와 손녀처럼 '똑똑' 잘라 먹으며 큰 소리로 이야기를 했다.
아들 둘, 딸 둘을 뒀다고 말씀을 꺼내시는데 "큰아들은 소령이고 막내아들은 기자고 딸 둘은 장사를 한다면서요?" 말을 가로챘다. 할아버지는 깜짝 놀라시며 "어떻게 알았어요?"물으셨다.
그 모습에 웃음이 나왔다. 전에 얘기해주셨다고 답하고 다시 웃었다.

우리 시계점 2
2018 acrylic on wood

'우리 시계점'을 떠나기 전 할아버지의 막내아들과 통화를 했다. 내 소개와 시계점을 그리게 된 사연을 말했다. 혹시나 이상하게 생각하실까 연락을 드렸다 했더니, 빵 사다준 아가씨냐며 할아버지께 내 얘기를 들었다며 고맙다고 했다.

막내아들 말에 따르면 할아버지는 50년간 '우리 시계점'을 운영하셨고, 90세가 훨씬 넘으셨다고 한다. 할아버지의 양복 차림이 인상적이라는 내 말에 추운 겨울에도 자식들이 사준 따뜻한 패딩을 다 마다하시고 시계점에 가실 때는 꼭 양복만 입으셔서 속상하다고 했다.

시계장인의 고집처럼 느껴졌다. 귀가 어두우신데 보청기도 안 하셔서 자식들은 안타깝다 했다.

아, 이 시계점 정말 시간이 멈춘 곳이다.

할아버지는 내게 70세이고 30년간 시계를 고쳤다 하셨는데 정작 90세도 넘으셨으니, 족히 20년 넘는 시간을 고스란히 잡아두신 거다.

시계가 아니라 시간을 고치신 게다.

"우리 집 가서 점슴 먹고 가요. 미안해서 못 보내."

할아버지는 오늘도 점심을 먹고 가라 하셨다.

"우리 집 가까워요. 가요. 내가 점슴 사주께 먹고 가요."

"할아버지, 다음에 사주세요."

막내아들도 내게 점심을 대접하겠다며 목포 백반을 꼭 드시고 가야
한다고 했다.

다음을 기약하고 떠나 왔다. 오늘도 할아버지는 긴 배웅을 해주셨다.
멈춘 시계 바늘처럼 한참을 서 계셨다.

김은주화과자점
2020 acrylic on wood

김은주 화과자점

목포 1897개항 문화거리에 화과점이 있다.
동백꽃, 제비꽃, 봇짐 닮은 꽃, 수줍게 몽울져 있다.

목포에서 나고 자란 주인장 김은주 씨가
직접 손으로 빚어 피워내는 화과자다.
이 화과자점이 태어난 집이라고 한다.

눈으로 먼저 맛보고,
꽃잎 한 잎 한 잎 조금씩 잘라 먹으니
미끄러지며 달큰하게 녹는다.
몽울진 화과자가 내 입속에서 꽃으로 피어난다.

이 거리는 게으르게 걸어야 좋다.
이 거리는 두리번거려야 좋다.
이 거리는 집집마다 이야기가 소복하다.

우리 시계점 - 2020

목포의 겨울은 올 때마다 포근했는데 오늘 바람은 토라진 애인처럼
쌀쌀맞게 차갑다. 다행히 두터운 패딩에 장갑, 마스크도 썼다. 추위가
제법 매섭지만 '우리 시계점'으로 가는 길을 오롯이 담고 싶어 걷기로
했다.

그새 문 닫은 가게가 꽤 있다. 추억의 맛을 굽는 제과점을 지나 셈베
과자를 파는 칼국수 집, 새로 생긴 지구별 서점, 후시딘 대신 빨간약
을 줄 것 같은 약국을 지나 북교초등학교 앞에 다 달았다. 모퉁이를
돌자 '우리 시계점' 간판이 보인다.

'아! 오늘은 나오셨을까? 오늘도 점심 먹자시면 어쩌지?'
작년 1월과 8월에 왔는데 문이 닫혔었다. 막내아들과 연락을 했는데
두 번 다 할아버지가 몸이 좀 안 좋아 닫았다고 했다.

4년 전 처음 본 우리 시계점 속에 반해서 목포에 사십여 일 동안 방을
얻어 지내며 보리 마당, 목포 오거리, 연희네 골목, 우리 시계점과 그

천천히家 목포 집 이야기
2017 acrylic on wood

동네를 그렸다.

목포에 머무는 동안 할아버지를 찾아가 인사를 하고 빵, 셈배 과자 양갱을 나눠 먹으며 이야기도 했다. 할아버지는 갈 때마다 늘 점심을 먹고 가라 하셨는데 한 번도 그러지 못했다.

어느새 도착한 시계점, 오늘도 셔터가 내려져 있다. 할아버지 막내아들에게 문자를 했다. 얼마 전부터 막내아들 분도 안부 문자에 답이 없다. 다시 문자를 하고 기다리다가 전화를 걸었다. 연결이 되지 않는다.

우리 시계 옆 양철가게에 어르신들이 계신다.
"아, 안녕하세요, 시계 할아버지 오늘 안 나오셨네요.?"
"이잉? 이제 안 열어."
"네? 왜요?"
"돌아가셨어."

우리 시계점
2020 acrylic on wood

할아버지가 좋아하시던 양복과 모자를 그려드렸다. 할아버지! 그곳에서도 시계 고치고 계시죠?

"네에?"

"어째 그려? 친척이여?"

"아니요."

"그럼 뭐 맡겼는가?"

"아니요."

"그럼 뭐 받을 거 있나?"

"아니요."

"근디 어째 그러고 있소?"

놀란 얼굴에 눈물 맺힌 모습이 의아하신지 물으신다.

"작년까지 연락이 됐었는데요?"

"작년 가을께 돌아가셨어."

"아드님도 연락이 안 되더라고요."

"아들이 먼저 죽었어. 그리고 할아버지 가셨재. 아, 근디 누군디 그럴까? 이제 안 여는디?"

할아버지 드리려고 싸간 양갱, 홍삼젤리, 녹차사탕 꾸러미를 어르신들께 드렸다. '할아버지 오래오래 건강하세요. 오래오래 시계점 열어주세요.'라고 적은 연하장을 빼지 않은 채.

영감을 찾아, 집 소재를 찾아 여행을 하다 보면
집들은 모두 사연을 가지고 있다.
어찌 보면 집을 보고 내가
사연을 만들어내는 것이기도 하다.

_____

part 4

길에서 만난 집 2

꽃집

영감을 찾아, 집 소재를 찾아 여행을 하다 보면
집들은 모두 사연을 가지고 있다.
어찌 보면 집을 보고 내가
사연을 만들어내는 것이기도 하다.

작년 겨울 인천 어느 골목
겨울 볕에 빨래를 널고 계신 할머니와 그 집을 만났다.
꽃길만 걷게 해준다던 영감은 벌써 하늘로 가고
홀로 된 꽃님이 할머니만 작은 집에 살고 계신다.
"영감은 추운데 잘 있는가?"
빨래를 툭툭 털어 창틀에 걸어 너시며 혼잣말을 한다.
"봄 되면 담벼락에 민들레랑 봉숭아가 핀다우.
이게 꽃길이지 뭐, 꽃집이네 꽃집!"

겨울 볕에 빨래가 기지개를 켠다.

꽃집
2015 acrylic on wood

동해 바닷가 집

파랑, 초록 겹겹의 청초한 바다.
깜빡깜빡 빛나는 모래알.
살짝살짝 수줍게 부서지는 파도.

5월의 바다는 첫사랑에 빠진
새침데기 소녀 같다.

오 봄 왔는가
2017 arylic on wood

안성에서 만난 집
2018 acrylic on wood

안성에서 만난 집

꼭 다물고 자물쇠를 채우고
창문을 닫고 철조망을 채워도
노란 꽃이 인사하고
들풀이 찾아왔다.

따가운 태양이 뜨겁게 바라봤고
바람이 살며시 흔들었으며
가끔은 비가 같이 울어줬다.
이내 담쟁이가 안아주었다.
밤에는 귀뚜라미가 노래를 불러주었다.
그렇게 초여름 한가운데 네가 있다.

지리산 꽃집

"나는 꽃이 참 조아, 이뻐자나."

지리산 둘레길 트레킹을 갔다.

지리산 입구 김미우 할머니네 집에서 민박을 했다. 할머니 집 마당에는 상추나 깻잎이 아닌 여러 꽃들이 식물원처럼 잘 정돈된 채 반짝반짝 빛났다. 꽃이 좋아 손수 심으셨다고 한다. 별꽃처럼 작은 할머니는 꽃밭을 보며 꽃들의 이름을 하나하나 설명해주셨다.

할머니는 끼니마다 온갖 나물에 조기를 구워 맛깔난 집밥을 차려주셨다. 아들이 사다준 우족으로 우린 곰탕도 내주셨다.

떠나는 날은 가면서 먹으라고 부침개를 여러 장 부쳐주고, 맛있게 먹던 고추장도 싸주며 눈물을 글썽이셨다. 진짜 우리 할머니 같았다. 그 후 몇 차례 안부전화를 했다.

목포 어느 골목길 집에 꽃무늬 커튼이 쳐졌다.

꽃이 좋다던 할머니가 생각나 꽃신과 꽃조끼를 담벼락에 그려본다.

동백꽃 집
2020 acrylic on wood

꽃신
2020 acrylic on wood

목포 파란 대문

윙윙, 바람이 노래하고 바다가 큰 춤을 춘다.

창훈이 어메는 빨래를 걷으며
가자미 눈으로 춤추는 바다를 본다.
저 아래 너른 바다에는
창식이 아부지, 동선이 아부지
또 저 윗동네 아부지,
보리 마당 아부지들이 있다.

창훈 어메는 빨래를 다 걷고도
마당 끝에서 바다만 바라보고
점심때가 한참을 지났는데도
바다만 바라보고 있다.
창훈이 배에서 꼬르륵 소리가 났는데
창훈 어메의 한숨 소리가 더 크다.

파도야, 춤 좀 그만 추거라.

나 배고프다.

바람아, 그만 좀 불어라.

나 배고프다.

창훈이가 울먹이며 볼멘소리를 한다.

해가 쨍쨍 났다.

바람은 조용해지고

바다는 잠이 들었다.

늦은 점심상에 창훈이 아부지가 잡아온

조기 새끼가 올라왔다.

창훈이는 조기를 한 번도 뒤집지 않고

가시만 남기고 살을 말끔히 발라 먹었다.

목포 파란 대문
2018 acrylic on wood

파란 대문
2018 acrylic on wood

초록 대문
2019 acrylic on wood

다 덤벼

어느 동네 골목 어귀에 나란히 붙은 두 식당. 황금식당, 충남식당. 각
종 메뉴를 무기 삼아 싸울 태세를 하고 "덤벼! 다 덤벼!" 하는 것 같다.
그 모습이 재밌어 촬영을 하고 나무를 켜고 다듬어 칠을 하고 간판을
그리고 깨알 같은 메뉴를 그리는데, 재밌어 보이던 메뉴 하나하나가
서럽다.

"한식과 분식은 기본이고 계절 음식에 회에 산채비빔밥 지역 음식까
지 없는 게 없어. 덤벼!! 다 덤벼!!!"
큰소리치고 있지만 정작 단골 하나 없고 지나는 손님 하나 붙잡지 못
해 또다시 새로운 메뉴를 적어 붙인다. 식당의 냉장고에는 계절별, 지
역별 갖은 식재료와 오늘도 버터보리는 '오기'가 가득할 것 같다.

언젠가 이 골목을 지나가게 되면 배가 불러도,
혼자여도 2인분을 시켜 먹어야지.
충남식당 갔다 황금식당 갔다, 두 곳 다 가야지.

다 덤벼
2015 acrylic on wood

"다 덤벼! 다 먹어줄 테다!" 오늘 그리는 집은 왁자지껄 유머스럽다가 서글프고 애잔하다.

부산 골목길

태풍 차바.
태풍으로 부산 울산 경북 포항이 큰 피해를 입었다.

얼마 전 지인들과 저녁 자리에서
80년대 망원동 수해 경험담을 들었다.
내가 살던 곳도 수해를 입었었는데
그보다 훨씬 심각했던 모양이다.

부산 우유. 부산 공업사.
부산 골목집 그곳의 모든 집이 걱정된다.
빠른 시일 내에 복구되기를 바라며
단단하게 그려본다.

부산 골목집
2014 acrylic on wood

정릉 집

여름에 찾아간 정릉.
하늘 끝까지 올라간 콧대 높은 아파트 단지 앞으로
옹기종기 모인 옛날 집들이 보인다.

파란 대문, 빨간 벽돌 담벼락의 옛집들 사이
그늘처럼 침묵하고 있는 회색 집이 보인다.
열린 창 안으로 낡은 가재도구가 보이고
인기척도 들리는 것 같다.

자세히 들여다보기 민망해 먼발치서 사진을
찍는데 집이 조용히 내게 말을 건넨다.
"나도 집이란 말이다."

나도 집
2015 acrylic on wood

속초 아바이 마을

잡생각이 송골송골 여름날 콧잔등 땀처럼 맺힌다.
붓으로 쓱 닦아 물에 헹궈버렸다.

유난히 작고 작은 속초 아바이 마을 집.
작은 나무집에 오밀조밀 그려본다.
어느새 잡생각이 또 송골송골 맺힌다.

봄이 오기 전에 한 번,
봄날에 다시 한 번 들른 속초 아바이 마을.
소박하고 귀여운 집들이 옹기종기 모여 있다.
골목 안으로 들어가니 대문 없는 집이 나왔다.
대문도 없고 사람도 없어 찬찬히 들여다보고 자세히 들여다봤다.

여름처럼 더운 날,
그날의 기억을 찬찬히 그려본다.

속초 아바이 마을
2016 acrylic on wood

부산 비석 마을

어디 가셨을까?
집 문은 다 열어두고.

슬쩍 들여다보니 반질반질 윤나는
주홍색 전기밥솥이 떡하니 집을 지키고 있다.
얼추 내 나이쯤 되었을 법한 전기밥솥이다.
그 수많은 세월을 반질반질 끄떡없다.
이 집의 주인도 지난한 세월 모진 풍파에
눈 하나 깜짝 않고 묘지 위에 집을 짓고
비석을 주춧돌 삼아 잘 살아왔을 것 같다.

그 삶에 답하며
수선화 핀 화분 하나 슬쩍 그려넣는다.

비석 마을 할머니 집
2017 acrylic on wood

바람의 외출

지인들은 여행을 할 때면 그곳의 집을 찍어 보내준다.
참, 고맙고 기쁜 일이다.

카톡!! 제주도 집 사진이 하나 도착했다.
한참을 들여다보고 찬찬히 살펴본다.

꽉 닫힌 나무 대문에는 손잡이가 없다.
마르게 드러난 속살은 햇볕에 결이 보인다.
못이 박혔다 빠진 자리들이 꽤 많다.
문 아래 틈 사이로 바람이 혼자 외출을 한다.

제주 여행 중에 찍은 집이라는데
보는 내내 맘 외롭다.
감귤나무 한 그루 그려본다.

바람의 외출
2016 acrylic on wood

봄꽃도 폈는데 언능 오시오

담벼락엔 어느새 하얀 봄꽃이 피었다.
마당 가운데 널린 빨래는 봄볕에 수줍은 듯
몸을 움츠리며 마르고 있다.
마당 안 노란 산수유는 톡톡 물방울이 튀듯 피었다.

일터로 나가시던 엄마는 집을 휘- 한번 둘러보고는
수건을 목에 걸며 혼잣말을 하신다.
"봄꽃도 폈는데 인자 언능 오시오."

봄도 왔는데 언능 오시오
2016 acrylic on wood

이태원 집 앞 의자

저는 의자가 아니에요. 앉으면 다쳐요.
얼마 전에 차에 치어서 다리가 부러졌거든요.

저는 의자가 아니에요. 그만 쳐다보세요.
햇볕에 낡았거든요.

아! 목포에 사는 그 친구요? 그 친구는 의자 맞아요.
할머니 할아버지가 나와서 앉아주고,
먼지도 닦아주고, 비 오면 덮어주고,
도란도란 얘기도 해준데요.

저는 의자가 아니에요.
집주인 차가 올 때까지 여기 맡아주는 주차 지킴이예요.
저는 의자가 아니에요 저는 주차금지 안내 표시예요.

이태원 집 앞 의자
2019 acrylic on wood

휴家

행복은 지나간 후에 알게 된대.
지금은 모른대.
지나고 나서야 알지. '아, 그때가 행복했지.'

그래서 행복은 과거형이래, 어제가 말했다.
그래도 난 행복을 만들 거야, 오늘이 말했다.

집에서 쉬면서 오늘의 행복을 만들어본다.

弃家
2017 acrylic on wood

"안녕하세요, 저는 한국에서 여행 온 그림 그리는 사람입니다."
용기 내어 영어로 인사를 했다.
다시 또 올 수 없는 곳에서는 용기가 난다.

part 5

봄에 만난 집

봄, 낮잠 그리고 이태리
2015 acrylic on wood

봄, 낮잠 그리고 이태리

붉은 지붕 아래 하얀 창문,

그 안에 새 하얀 커튼,

그 양 옆으로 이제 막 하늘을 본 여린 봄 화분.

창문을 활짝 열어

봄바람에 하얀 커튼이 하늘거리면

까무륵 잠이 들고 싶은

이태리 어느 작은 마을의 집.

봄날 다시 만난 집

봄엔 날 잡아 이사하고,
나는 붓 잡고 공사하고,
소음도 없고 먼지도 없다.

10년 만에 다시 찾은 마을.
변함없이 그대로다.
봄꽃은 만발하고 붓은 춤을 춘다.

174

봄에 만난 집
2020 acrylic on wood

언제나 그 자리에, 봄
2019 acrylic on wood

봄에게 보내는 편지

봄!

오기 전에 엽서 한 장 보내주세요.

겨우내 창문 끝까지 두 팔 벌려 '얼음' 했던 하얀 커튼 '땡' 해주게.

봄!

오기 전에 문자 한 통 보내주세요.

노란 장화에 핀 나훈아 아저씨 풀들에게 이름 붙여주게.

봄!

오기 전에 카톡 한 개 보내주세요.

뒷담 화분에 쭈뼛쭈뼛 고개 든 꽃들 맘껏 피어나게.

봄!

오기 전에 바람 한번 불어주세요.

담벼락에 기대앉아 따뜻한 당신을 마중할 테니.

봄 마중
2020 acrylic on wood

목포 극단, 새결의 앞마당에는 노란 장화에 핀 들꽃이 있다.

삼척의 봄 2017

이른 봄 삼척의 밤, 거짓말처럼 벚꽃이 피어 있다.
가로등 아래의 벚꽃은 핀 것이 아니라 터져 있는 것 같다.
벚꽃은 "봄이요~" 큰 소리를 내며 터졌으리라.
불빛으로 뛰어드는 나방처럼 밤하늘을 나는 꽃잎도 있고, 소담스레
나뭇가지에 앉아 있는 꽃 뭉치도 있다. 거짓말처럼 예쁘게 피어 있다.

"벚꽃이 언제 폈어요?"
"예쁘죠? 3일 됐어요. 뒷산 벚꽃이 얼마나 예쁜대요. 내일 아침에 뒷
산 보세요. 꼭이요."
택시 기사 아저씨는 자기 집 마당의 꽃나무인 듯 자랑하신다.

불 꺼진 삼척의 도로는 영화 세트장처럼 벚꽃으로 빛나고 있다.
택시 안의 나는 창문을 살짝 열고 살포시 눈을 감았다.
그리고 봄 내음을 음미했다. 마치 영화 속 여배우처럼.

삼척 벚꽃
2017 acrylic on wood

삼척의 봄 2018

수업을 마치고 버스터미널로 가는 택시 안에서 본
삼척의 거리에 벚꽃이 가득하다.
작년 이맘때 산에 핀 벚꽃이 자기 집마당의 꽃나무인 듯
자랑하시던 기사분이 생각났다.

"어머 벚꽃이 벌써 피었네요?"
반가운 벚꽃에 기사 아저씨께 반가운 질문을 했는데
답이 없다. 머쓱한 기분에 문을 열고,
"아, 벚꽃이 벌써 피었네" 혼잣말을 했다.
흠~~ 봄 공기를 들이켰는데 코끝에 바람이
오늘 기사 아저씨처럼 차갑다.

봄 벚꽃 아래 차를 마시다가 네가 떠올랐다
2018 acrylic on wood

삼척의 봄 2019

삼척은 서울보다 벚꽃이 일찍 핀다. 3월 개강하고 학교 수업을 나갈 때면 이른 벚꽃이 먼저 반겨준다.

수업 마치고 택시를 타고 터미널 가는 길, 벚꽃이 보이지 않는다. 지난주에 팝콘 터지듯 피어났었는데, 벌써 다 지고 나뭇가지가 드러났다.

"어머, 벚꽃이 벌써 졌네."

아쉬운 속마음이 튀어나와버렸다.

"그게 다 시샘을 해서 그래요."

혼잣말이 컸던지 기사 아저씨가 대꾸한다.

"이쁜 건 다 시샘을 해, 사람도 매 한가지야. 남이 잘되면 시샘을 해. 꽃 좀 이쁘다 했더니, 비 한번 오고 바람 한번 불더니 다 저리 됐어. 좀 나두면 어때서, 이쁘면 이쁘다 하고 살면 좋은데…."

비와 바람의 시샘으로 꽃이 떨어졌다는 아저씨 말씀에 살짝 웃음과 공감이 갔다.

창문을 열어주오
2019 acrylic on wood

그 후로 오랫동안

베트남 나트랑.
거리마다 오밀 조밀한 장식이 많은 건물들,
이국적이다.

프랑스는 오랜 세월 베트남을 식민지로 지배했다.
1859년 최초의 침략을 시작으로
약 100년 동안 베트남을 지배했다.

그 후로도 오랫동안 그들의 색깔이 더해져 단단히 서 있다.
역사책에서 배운 남의 나라의 기록이
거리에 고스란히 남아 있다.

목포에서, 전주에서, 포항에서 본
우리의 기록 같아 아리다.

그 후로도 오랫동안
2019 acrylic on wood

약속

돌은 단단하게 그 길에 있다.

돌은 단단하게 그 집에 있다.

굳은 약속처럼 단단하게 변함없이….

약속
2016 acrylic on wood

하늘지붕 바다지붕-니스

바람은 거셌고
거리는 조용했다.

세월을 쌓은 벽돌집.
하늘을 담고 바다를 닮은 파란 지붕에서
평정심을 배운다.

하늘지붕 바다지붕
2015 acrylic on wood

리스본행 야간열차

가장 좋아하는 배우, 최고의 남자 제레미 아이언스. 그가 나온다는 그 이유 하나만으로도 내게 충분히 매력적인 영화 〈리스본행 야간열차〉 (Night Train to Lisbon, 2013).

스위스 중년의 문학 교사 그레고리우스(제레미 아이언스)는 폭우가 쏟아지는 어느 날, 자살하려는 낯선 여인을 구해준다. 그 여인은 붉은 코트를 두고 사라지고, 코트 속에는 오래된 책 한 권과 15분 후 출발하는 리스본행 열차 티켓이 있다. 그는 무작정 리스본행 야간열차에 오른다.

코트 속 책을 읽고 리스본에 도착해 책 저자의 집을 찾아간다. 또 주변 인물들을 만나며 저자의 발자취를 따라 포르투갈 혁명 시기 역사의 소용돌이 속 청춘들의 저항, 열정, 사상, 사랑과 배신 그리고 죽음을 듣게 된다.
그러는 동안 몇 차례 직장인 학교에서는 출근을 종용하는 전화가 온다.

그러나 과감히 수신 거부!!!

무엇이 인생의 가을쯤 와 있는 남자의 맘을 흔든 것일까?
무엇이 내일의 걱정을 과감히 지우게 한 것일까?

영화 내내 '제레미 아이언스'와 리스본 거리의 집들에 집중했던 것 같다.
인생을 바꾸는 것은 대단한 사건이 아닌 사소한 일일 것이다. 사소한
사건, 사고.

나의 집 작업 다음 여행지는 리스본! 리스본행 야간 비행을 해야겠다.
제레미, 당신을 본 사소함으로 인해.

상처 입은 사람들의 시간

영화 〈데미지〉. 권력의 상류층 중년의 남자는 상처 받은 아들의 연인
과 위험한 사랑에 빠진다. 그리고 파멸에 이른다.

잃어버린 시간의 집
2016 acrylic on wood

영화의 마지막 장면. 권력으로 빛나던 그는 까칠해진 얼굴, 푸석한 머리칼, 남루한 옷차림, 낡은 슬리퍼 차림이다. 햇살이 들어 그나마 집 같아 보이는 낡고 허름한 집에 앉아 죽은 아들과 사랑했던 여인의 사진을 보며 평온한 미소로 독백한다.

"인생은 이해할 수 있는 것도, 알 수 있는 것도 아니다. 우리는 알지 못하는 감정 때문에 사랑에 빠진다. 그 외엔 아무것도 중요하지 않다. 그 어떤 것도. 우연히 그녀를 보았다. 그녀는 어느 누구와 다르지 않았다."

알 수 없는 인생, 설명할 수 없는 감정. 그렇게 사랑에 빠진 그 남자를 위로해주고 싶다. 붓으로 하나하나 새기며.

나의 위로는 그렇게 시작되어 여러 차례 눈물 바람이 불었으며 공허에 사로잡혀 불면의 시간을 보내고 나서야 집이 지어졌다.

노란 리스본

〈리스본 야간열차〉를 보고 4년 만에 오게 된 곳.

리스본은 어릴 적 처음 봤던 외국 잡지 같다.
빼곡히 세월 박힌 타일을 밟으며 만난 리스본.
거리의 건물들은 노란색으로, 또는 세월에 바래진
노란빛으로 줄지어 마주 서 있다.
닮은 듯 다른 창문, 여러 색깔 대문,
한 폭의 산수화를 그려놓은 듯한
파란 아줄레주, 거리거리, 골목골목
일주일을 돌아봐도 지루하지 않다.

골목 사이로 내려다보이는
바다와 파란 하늘, 노란 트램…
보이는 곳마다 잡지의 한 페이지다.
노란색이 이렇게 멋질 수 있음에 설레었다.

가을 안부 리스본
2020 acrylic on wood

포르투

포르투는 단편 소설집 같다. 한 편만 읽어도 좋고, 소설집을 다 읽으면 더 좋다.

강을 가르는 긴 다리는 검은 펜으로 촘촘히 그려낸 듯 아름답다. 유람선을 타고 바라보는 강 건너 마을에 햇볕이 닿자 마을의 집들은 파스텔톤 크레파스가 나란히 꽂혀 있는 것 같다. 창틀에 걸린 빨래도 느리게 날리며 여유롭다. 해가 지면 노천카페의 노란 등이 강물에 비춰 여러 색으로 춤추며 밤마다 나를 유혹했다.

어느 날, 버스를 타고 가다 우연히 만난 해변은 길게 줄지어 선 야자수와 장식 없는 현대식 건물이 또 다른 포르투를 보여주었다.
노을에 비친 노란벽의 집들은 애드워드 호퍼의 그림 같다. 책 볼 때 좋은 글귀에 줄을 긋듯, 한참 동안 그 풍경에 멈춰 서 있었다.

포르투
2020 acrylic on wood

파란 리스본
2020 acrylic on wood

브라가에서 만난 할아버지

포르투에서 기차로 1시간, 브라가로 향했다. 브라가 거리는 한적하고 조용하다. 여행객들도 적다. 커피가 1유로다.

리스본이 서울이고, 포르투가 부산이라면, 브라가는 목포 같다.

골목골목 오래된 집들 사이 열린 문안으로 조각상에 그림을 그리는 할아버지가 보인다. 조각상을 복원하는 것 같다. 시계를 고치는 목포 우리 시계점 할아버지가 생각났다.

한참을 숨죽여 보다가 안을 더 보고 싶었으나 다시 여행길에 올랐다.

사진 전시도 보고, 유명한 성당도 들렀는데 눈에 잘 안 들어오지 않는다.

'그래! 언제 또 오겠어, 가보자.'

발길은 이미 조각상 그리는 할아버지네로 향했다.

"안녕하세요, 저는 한국에서 여행 온 그림 그리는 사람입니다."

용기 내어 영어로 인사를 했다.

할아버지는 영어를 전혀 못 하셔서 구글 번역기로 포르투갈어로 번역해 들려드렸는데, 그것도 잘 못 알아들으셨다. 손짓으로 안으로 들어

가도 되냐는 허락을 받고 안으로 들어갔다.

3평 남짓한 할아버지의 작업실은 예술품으로 가득했다. 포르투 성당에서 본 아기천사도 있고, 성모 마리아도 있다. 예수 탄생 장면의 나무 조각과 석고 조각상 금장식이 된 조각상이 있었다. 작은 보물 창고에 들어온 것만 같다.

푸른 눈의 할아버지는 포르투갈어로 말씀하셨는데, 그중 83세라는 말은 영어로 하셔서 알아들었지만 다른 것은 전혀 알아들을 수 없었다. 예능 프로그램에서 나오는 '몸으로 말해요'를 주의 깊게 보고 따라하지 않은 것이 후회될 만큼 바디랭귀지가 필요한 시간이었다.

파란 눈 할아버지와 검정 눈의 여행객은 감탄사와 엄지손가락을 세우는 것만으로도 웃음이 났다.

할아버지와 기념 셀카를 찍고 "오브리가도(감사합니다)"를 외치고 인사를 하고 나왔다. 할아버지는 낯선 여행객이 멀어질 때까지 손을 흔들어주셨다.

집안의 기억
2019 acrylic on wood

선인장

제주도에서 처음 본 백년초.

녹색 선인장 위 분홍빛 열매가 방울방울 붙어 있는 게 예뻐서 살짝 만졌는데 가시가 박혔다. 너무 작은 가시라 빼기도 어렵다.

곧 붉게 부풀어 오르더니 은근한 통증이 계속 신경 쓰였다. 선인장에는 큰 가시가 있지만 분홍 열매의 그것은 솜털만 같아서 무시했는데 그 솜털 가시가 고스란히 박힌 것이다.

이것 역시 선인장이었다.

작업실에 둔 새끼손가락만 한 선인장이 제법 컸다. 분갈이를 하다가 그때 기억에 장갑을 꼈다.

작은 것도 역시 선인장이다. 온순하고 편해 보인다고 함부로 대하지 말아야 한다.

선인장도, 사람도 마찬가지다.

가을 안부
2019 acrylic on wood

안녕 365, 안녕 36.5

코로나 발생 4개월째, 지구촌 전체가 비상이다. 자발적 격리와 사회적 거리두기로 이러다가 거리에 나앉게 되겠다는 어느 기자의 기사에서 재치와 불안이 스쳤다.

주부들은 요리 9단이 되어가고, 집 베란다 화분에서 핀 꽃이 봄소식을 전했다. 뛰놀던 아이들은 집안에서의 생활에 지쳐갔다.
부모들은 철저하게 지키던 온라인 시간제 접속권을 자유이용권으로 풀어주며 지친 아이들을 달래주었다.
외출 시 마스크는 팬티 위 바지마냥 당연한 복장이 되었다. 약국마다 마스크를 사기 위해 줄을 선 모습은 매진 직전의 영화표를 사려고 줄을 서 있던 소개팅남의 뒤꽁무니보다 더 초조해 보였다.

마스크로 가려진 입을 대신해서 눈이 많은 이야기를 했다. 해질 무렵이 되면 노을 따라 눈도 붉어졌다. 수신호처럼 이제 눈 신호가 나올 것 같다.

안녕 365 안녕 36.5
2020 acrylic on wood

눈을 길게 깜빡이면 긍정, 깜빡깜빡 하면 강한 긍정, 눈을 좌우로 돌리면 부정, 눈을 감으면 이제 그만.

일회용 마스크를 여러 차례 쓰고 버리기 전, 작년에 들른 리스본 집에 씌워줬다.
모두 잘 이겨내길 바라며 눈을 깜빡여본다.
365일 36.5도의 체온을 유지하며 건강하길,

너무나 큰 의료진의 노고와 희생에 감사하며 한국인임이 자랑스럽다.

추억의 골목길
2013 acrylic on wood

■ 독자 여러분의 소중한 원고를 기다립니다 ──────────

메이트북스는 독자 여러분의 소중한 원고를 기다리고 있습니다. 집필을 끝냈거나 집필중인 원고가 있으신 분은 khg0109@hanmail.net으로 원고의 간단한 기획의도와 개요, 연락처 등과 함께 보내주시면 최대한 빨리 검토한 후에 연락드리겠습니다. 머뭇거리지 마시고 언제라도 메이트북스의 문을 두드리시면 반갑게 맞이하겠습니다.

■ 메이트북스 SNS는 보물창고입니다 ──────────

메이트북스 홈페이지 www.matebooks.co.kr

책에 대한 칼럼 및 신간정보, 베스트셀러 및 스테디셀러 정보뿐만 아니라 저자의 인터뷰 및 책 소개 동영상을 보실 수 있습니다.

메이트북스 유튜브 bit.ly/2qXrcUb

활발하게 업로드되는 저자의 인터뷰, 책 소개 동영상을 통해 책에 서는 접할 수 없었던 입체적인 정보들을 경험하실 수 있습니다.

메이트북스 블로그 blog.naver.com/1n1media

1분 전문가 칼럼, 화제의 책, 화제의 동영상 등 독자 여러분을 위 해 다양한 콘텐츠를 매일 올리고 있습니다.

메이트북스 네이버 포스트 post.naver.com/1n1media

도서 내용을 재구성해 만든 블로그형, 카드뉴스형 포스트를 통해 유익하고 통찰력 있는 정보들을 경험하실 수 있습니다.

STEP 1. 네이버 검색창 옆의 카메라 모양 아이콘을 누르세요. STEP 2. 스마트렌즈를 통해 각 QR코드를 스캔하시면 됩니다. STEP 3. 팝업창을 누르시면 메이트북스의 SNS가 나옵니다.